LETTRE

A

MONSEIGNEUR DUPANLOUP

ÉVÊQUE D'ORLÉANS

PAR UN AMÉRICAIN

Il n'y a presque point d'action humaine... qui ne prenne naissance dans une idée très-générale que les hommes ont conçue de Dieu, de ses rapports avec le genre humain, de la nature de leur âme, et de leurs devoirs envers leurs semblables.

DE TOCQUEVILLE. *De la démocratie en Amérique*, t. III, ch. v.

Français! faites place au roi très-chrétien; portez-le vous-mêmes sur son trône antique, relevez son oriflamme, et que son or, voyageant d'un pôle à l'autre, porte de toutes parts la devise triomphale :
« Le Christ commande, il règne, il est vainqueur! »

J. DE MAISTRE. *Consid. sur la France*, ch. v.

L'Europe et la France veulent la fin des révolutions, on ne peut la trouver que dans la légitimité.

VILLEMAIN. *Mélanges.*

Nous aimerons bientôt ceux qu'ont aimés nos pères,
Ils sont nés parmi nous, et nos rois sont nos frères,
Français, le ciel prononce, il relève le lys!

C. DELAVIGNE. *Messéniennes.*

O lys céleste! arrousez les lys de vostre France de vos sainctes bénédictions, afin qu'ils soyent blancs et purs en l'unité de la vraye foy et religion... Vous estes estoille de mer. Eh! soyez favorable au navire de Paris et de la France, afin qu'il puisse surgir au sainct havre de gloire! Ainsi soyt-il! Dieu soyt béni!

S. FRANÇOIS DE SALES. *Serm. sur l'Assomption.*

PARIS

ADOLPHE JOSSE, ÉDITEUR

31, RUE DE SÈVRES, 31

1872

LETTRE

A

MONSEIGNEUR DUPANLOUP

ÉVÊQUE D'ORLÉANS

PAR UN AMÉRICAIN

Il n'y a presque point d'action humaine... qui ne prenne naissance dans une idée très-générale que les hommes ont conçue de Dieu, de ses rapports avec le genre humain, de la nature de leur âme, et de leurs devoirs envers leurs semblables.
DE TOCQUEVILLE. *De la démocratie en Amérique*, t. III, ch. v.

Français ! faites place au roi très-chrétien; portez-le vous-mêmes sur son trône antique, relevez son oriflamme, et que son or, voyageant d'un pôle à l'autre, porte de toutes parts la devise triomphale :
« Le Christ commande, il règne, il est vainqueur ! »
J. DE MAISTRE. *Consid. sur la France*, ch. v.

L'Europe et la France veulent la fin des révolutions, on ne peut la trouver que dans la légitimité.
VILLEMAIN. *Mélanges.*

Nous aimerons bientôt ceux qu'ont aimés nos pères.
Ils sont nés parmi nous, et nos rois sont nos frères,
Français, le ciel prononce, il relève le lys !
C. DELAVIGNE. *Messéniennes.*

O lys céleste ! arrousez les lys de vostre France de vos sainctes bénédictions, afin qu'ils soyent blancs et purs en l'unité de la vraie foy et religion.... Vous estes estoille de mer. Eh ! soyez favorable au navire de Paris et de la France, afin qu'il puisse surgir au sainct havre de gloire ! Ainsi soyt-il ! Dieu soyt béni !
S. FRANÇOIS DE SALES. *Serm. sur l'Assomption.*

PARIS

ADOLPHE JOSSE, ÉDITEUR

31, RUE DE SÈVRES, 31

—

1872

LETTRE

MONSEIGNEUR DUPANLOUP

ÉVÊQUE D'ORLÉANS

Monseigneur,

L'Océan nous sépare : quel que soit l'avenir de la France, nous avons peu à craindre ou à profiter de son influence et de ses exemples. Qu'elle retourne à son passé, qu'elle vogue vers de nouvelles régions, ou qu'elle s'effondre dans l'abîme sur lequel elle penche, l'Amérique n'en continuera pas moins le progrès de sa marche et la conquête de sa jeune et impérissable liberté. Américain, fier et ami de mon pays pour lequel je donnerais tout le sang de mes veines, je suis donc désintéressé dans la solution des questions qui se débattent à Versailles, et d'où sortira la vie ou la mort de la France et peut-être de l'Europe : si je l'ose dire, je suis ce *criterium* rêvé par Adam Smith, qui, placé trop haut pour qu'un conflit l'atteigne, étranger à toute passion et à tout parti, à l'abri de toute appréhension comme de toute espérance, ne juge les événements qui se déroulent à ses yeux qu'avec le tact impartial et infaillible de la raison et de la bonne foi.

Je suis vieux, et j'ai déjà un pied dans la tombe. Jeune homme, j'ai traîné mon manteau de pèlerin sur tous les chemins de la vieille Europe, j'ai étudié autant que je l'ai pu ses constitutions et ses tendances; maintenant, octogénaire à cheveux blancs, je médite sur le soir de ma vie, ce que j'ai vu dans mes premiers printemps. Ah! j'ai aimé cette vieille Europe qui, durant trente années, me donna l'hospitalité dans toutes ses capitales, je l'ai aimée, je l'aimerai toujours; j'aime surtout cette belle et noble France qui nous aida à conquérir notre indépendance nationale. Hélas! elle est maintenant à deux doigts de sa perte, la voilà presque réduite au sort des nations sans lendemain! Eh bien! je voudrais qu'elle vive; je voudrais lui faire entendre la parole d'un vieillard qui l'aime, non pour lui, mais pour elle : puisse-t-elle l'écouter et la comprendre! Elle peut être sauvée si elle aperçoit le port, je voudrais le lui montrer.

Monseigneur, je n'ai pas l'honneur d'être connu de vous; cependant c'est à vos pieds que je dépose ces quelques lignes : en quelles mains la pensée, la prière d'un vrai catholique américain tomberaient-elles mieux que dans celles de Votre Grandeur? Assurément, Monseigneur, mes lumières vous seront de peu de secours, et mon but n'est pas de vous éclairer, mais de me faire lire, en abritant la plume d'un humble et modeste étranger d'outre-mer, sous le légitime et glorieux prestige de votre nom.

I

« Les rois s'en vont, » disait Chateaubriand, il y a un demi-siècle ; cela est trop vrai, il n'y en a plus en Europe ; voyez : l'empereur d'Allemagne qui voudrait imiter Barberousse et soulever l'épée de Napoléon ; François-Joseph dont le bras impuissant ne pourra bientôt plus arrêter l'émeute rugissante ; Victoria d'Angleterre qui d'un côté s'appuie sur le cercueil de Palmerston et de l'autre serre la main du citoyen Vermersch ; V. Emmanuel, ce pantin aussi ridicule qu'odieux qui a signé la consommation de l'œuvre révolutionnaire en traversant le Corso et la place du Peuple, portant au front la couronne de l'*Italie une*, et le mépris de quiconque sent battre un cœur humain dans sa poitrine, et enfin l'autocrate de toutes les Russies qui se drape à Saint-Pétersbourg dans sa pourpre royale sur des peuples abrutis, comme le sultan dans le harem de Constantinople, tout cela est petit ; ces souverains sont comme des arbrisseaux sans séve, des temples sans sanctuaire, des édifices sans-clef de voûte ; le moment serait-il donc venu, et la monarchie européenne va-t-elle s'engloutir à son tour dans le gouffre béant de la révolution ? Je ne le crois pas, car le jour où la monarchie quittera l'Europe pour chercher un autre ciel, la dernière heure de l'Europe aura sonné. Il faut une résurrection : il faut donner la vie à ces ossements blanchis, il faut un cœur, un souffle qui anime et remue cette masse de chair qui paraît maintenant un cadavre. Monseigneur, vous le savez comme moi, mieux que moi, et depuis longtemps à l'autel du sacrifice comme à la Chambre des députés, vous avez dû vous dire : oui, ce cœur, ce souffle qui sont la vie du continent, c'est le roi de France.

Ah ! depuis qu'il est absent ! depuis qu'il traîne les fleurons épars de sa couronne sur la terre étrangère, qu'a-t-on vu ? Un brigand monstrueux, celui-là même à qui, dans la dernière guerre, Gambetta a sacrifié cent mille hommes et l'infortuné Bourbaki, un brigand monstrueux, sans mission avouée, a été au fond de l'Italie assiéger un roi dans sa capitale, lui mettre le couteau sous la gorge, le chasser de ses Etats, et offrir sa conquête à un autre roi qui l'a prise de sa main ! Et toute l'Europe a vu François de Bourbon, roi de Naples, vaincu par Garibaldi, et elle n'a pas fait un pas, elle n'a pas dit une parole pour arrêter la main sanglante de l'aventurier ! — Elle a vu le roi galant homme profiter des désastres de la France pour envahir au mépris de la foi jurée, sans déclaration de guerre, les États d'un vieillard défendu par une poignée de braves immolés en martyrs sur le tombeau des martyrs ! Et chaque nation a envoyé son ambassadeur la représenter auprès du glorieux conquérant ! Les bras tombent ! l'âme se brise ! tout cela n'est pas un rêve, non, cela se fait au grand jour ! On dîne à Saint-Pétersbourg et à Berlin, on chante à Londres, on danse à Madrid, et pendant ce temps-là des assassins armés volent les rois et les peuples ! Ah ! Seigneur, avez-vous donc maudit l'Europe ? Dieu me garde d'y mettre les pieds à cette heure, il n'y a plus que de la boue !

Je me trompe, Monseigneur, il y a encore deux grandes choses en Europe, il y a le Vatican et les caveaux de

Saint-Denis : le pape et le roi de France; ce sont eux qui ont fait l'Europe, ils la rebaptiseront encore, et elle redeviendra ce qu'elle était. Oui, c'est de la France que partira le rayon sauveur, le salut du vieux monde : je veux l'espérer, l'esprit de Dieu plane sur ce chaos aujourd'hui encore comme autrefois à la genèse des temps, *Spiritus Dei ferebatur super aquas* (1), et le soleil de la vraie civilisation reluira encore sur la France, et, par elle, sur l'Europe régénérée par un baptême de sang et de pleurs.

(1) *Gen*., I; 2.

Monseigneur, votre voix connue et aimée l'a dit élo-
quemment à l'Assemblée nationale : on trompe les masses
d'une manière aussi sotte que coupable (1). Moi qui n'ai
pas à ménager des susceptibilités qu'il est un devoir pour
Votre Grandeur de ne pas froisser, je dirai plus crûment,
et avec non moins de vérité, en complétant, non votre
pensée, mais votre phrase : le peuple français est un enfant, un enfant en bas-âge, devant qui il suffit de faire du
tapage pour en être entendu et cru sur parole. Il repousse
en souriant de dédain l'infaillibilité de l'Église et les
quatre Évangiles, mais que le *Siècle* ou l'*Opinion nationale* mettent demain dans leurs colonnes toutes les fan-
tasmagories de l'Arioste : « Enfin, voilà l'histoire et la vérité », dira le maire du village en choquant, dans la salle
du cabaret, son verre d'absinthe contre celui du maître
d'école ou du garde champêtre. « Oui, la critique est née
de nos jours », dira-t-on dans les cercles scientifiques,
« et nous pouvons enfin jouir de son œuvre et de ses
progrès. » Ah ! Molière, où es-tu ? si tu reparaissais, quel
bel acte à ajouter aux *Précieuses*, au *Bourgeois gentil-
homme*, à *Tartuffe !* — Voilà ce peuple qui se croit sé-
rieusement le premier de l'univers ! oui, c'est un enfant. Eh

(1) Séance du 22 juillet.

bien ! quand un enfant a peur de trouver un revenant dans une chambre noire, sa bonne le mène à l'endroit redouté, et le fait ainsi revenir de sa terreur. Or, que de revenants moisis les feuilles soi-disant libérales ne montrent-elles pas aux paysans, qui en somme font les trois quarts de la nation, dans cette chambre noire de la monarchie légitime ! Nous aussi, vous surtout, Monseigneur, prenons-le donc par la main et menons-le aux pieds de son roi, faisons battre son cœur contre le cœur d'Henri de France, mettons sa main dans la sienne, et débarrassé des nuages soulevés par la cohue démagogique, rendu à lui-même, mirant ses yeux dans les beaux yeux du prince, son cœur sortira de ses lèvres dans un élan d'amour, et la France sera sauvée aux cris de : *Vive le Roi!*

Pour quiconque sait lire et comprendre l'histoire des deux derniers siècles, il est un fait navrant, mais incontestable, c'est que le protestantisme s'est infiltré dans toutes les veines; il n'y a que deux choses au monde, le pape et Luther. Soyez rationaliste, panthéiste ou athée, appelez-vous Spinosa, Rousseau, Robespierre ou Ferré, peu importe, vous descendez, plus ou moins directement sans doute, cela est vrai, mais vous descendez toujours de Luther, et cela est bien simple; c'est qu'en effet le protestantisme, tout en masquant son jeu derrière un texte de saint Paul, s'est adressé à tout ce qu'il y a de corrompu dans la nature humaine; il a flatté tous les penchants de la créature déchue, et surtout le plus développé comme le plus terrible, l'orgueil, qui a produit la soif de l'indépendance et par suite la révolution et l'anarchie. O mon Dieu, que vos desseins sont impénétrables et que votre justice est terrible ! Cette apparition du protestantisme est un monstre qui fait pâlir, c'est le chef-d'œuvre de l'enfer ! Qu'on y pense, voilà la table des matières de ce hideux volume :

1° Flattons l'orgueil de l'homme, et nous serons maîtres de lui; d'où la souveraineté populaire en politique et en religion;

2° L'homme a besoin de foi; si nous proclamons l'athéisme, notre œuvre ne sera que d'un jour ; non, soyons la négation de toute religion, mais gardons l'Écriture : nous n'aurons ni temple, ni autel, ni grand prêtre, mais nous aurons un portique, l'Evangile !

Les voilà maîtres ! ils prennent un masque religieux, ils peuvent marcher hardiment et la tête levée. Plus d'autorité dans l'Eglise, voilà l'athéisme ; plus d'auréole divine autour du législateur civil, sans le consentement du peuple, voilà 93 et la Commune.

Tel est le protestantisme dans sa honteuse nudité : ah ! sans doute, il prend un voile, et c'est comme cela qu'il se fait accepter par les masses croyantes ; mais faites tomber le plâtre, et vous le verrez tel qu'il est. Or, Monseigneur, à cette heure, tous, plus ou moins, nous vivons de Luther. Oui, toutes nos rêveries constitutionnelles qui tendent à devenir la base universelle du droit politique, sont éminemment anti-catholiques, elles sont contre les traditions unanimes et la pratique constante de l'Eglise. S'il est un fait incontestable dans l'histoire, c'est que ce sont les papes qui ont fait la monarchie européenne, et c'est maintenant un lieu commun plat à force d'être réputé sur les bancs des colléges, que de dire après le trop célèbre Gibbon que « *la France a été faite par les évéques comme une ruche par les abeilles* (1). » Eh bien ! l'Église avait laissé son empreinte sur son œuvre, elle avait créé dans la société politique une image d'elle-même, c'est-à-dire qu'elle avait mis assez bas pour que l'œil pût le voir et le cœur le sentir, trop haut pour que la révolution puisse l'atteindre, le dépositaire de l'autorité ; disons le mot, et disons-le avec orgueil, nous qui sommes ses enfants, elle avait implanté en Europe la *monarchie*

(1) *Hist. de la décadence de l'Empire romain.*

absolue. Je sais bien que tous les petits-maîtres de la libre-pensée vont prendre ceci pour un aveu qui doit nous couvrir de honte, mais cela ne prouvera qu'une chose, c'est qu'ils ne savent pas réfléchir et qu'ils ne sont pas sérieux, cela prouvera qu'ils ont fait leur rhétorique dans le discours de M. Gambetta, et leur philosophie dans les almanachs de Cham.

Oui, moi catholique, qui crois à la divinité de Jésus-Christ et à l'infaillibilité du pape, moi Américain qui aime la liberté par le fond de mes entrailles, je le proclame fièrement, sans préjugé, sans parti pris : la monarchie absolue est une œuvre, une œuvre magnifique de la papauté; et ce qu'il y a de plus merveilleux encore, c'est la direction qu'elle lui a su imprimer.

Je lisais il y a quelques jours dans Machiavel « qu'il y a eu peu de bons souverains absolus, en exceptant les souverains d'Egypte, ceux de Sparte, et *surtout les rois de France* » (1). Cette parole du plus dangereux des philosophes italiens me parut une perle trop précieuse pour être laissée dans les œuvres de ce coupable écrivain. Virgile l'eût ramassée dans le fumier d'Ennius. Il est vrai que les yeux de Machiavel peu habitués aux lumières d'en haut n'ont vu là qu'un fait humain, au lieu d'y adorer la main du Dieu qui gouverne les peuples. Mais cette *courte vue*, loin d'infirmer le cri d'admiration arraché par les dynasties de France à ce pilier démagogique, ne fait que de le confirmer davantage et de le mettre plus en lumière. Que tous les déclamateurs « de la dîme et de la corvée » qui, n'étant guère habitués à lire les in-folio, n'iraient pas y dénicher cette pensée, la comprennent et la méditent.— A quelle cause bienfaisante tient donc cette

(1) *Disc. soprà Tit. Liv.*, lib. I, ch. LVIII.

réserve que fait Machiavel en faveur de la monarchie française ? Monseigneur, vous le savez comme moi, mieux que moi, à ce tempérament, à ce je ne sais quoi de christianisme que les papes ont su faire entrer dans la monarchie française. La théocratie en était un élément essentiel, et au pied de la lettre, les papes avaient fait battre « *un cœur de roi et de père* » (1) dans la poitrine de tous les rois de France. Cela est si vrai, qu'il y a eu sur le trône de saint Louis, en bien petit nombre, cela est vrai, mais enfin ils existent, quelques rois dissolus, cruels par nature, eh bien ! malgré cela, ils ont tous été les pères du peuple et les rois très-chrétiens , à l'exception peut-être de Louis XV, qui cependant valait mieux, cent fois mieux, que tout ce que la France a eu depuis lui. Pourquoi cela? vous qui me le demandez, allez à la table sainte recevoir le verbe de vie, et vous le comprendrez : je ne le puis définir, mais je le sens, et tout catholique le sent comme moi : oui, Dieu était là, le christianisme, plus fort que les passions de l'homme, était le vrai roi de France; lisez l'histoire; le fait est patent, si vous ne le voyez pas, c'est que vous êtes de ces maudits de Dieu, dont il est parlé dans l'Écriture, qui ont des oreilles pour ne pas entendre et des yeux pour ne point voir !

Eh bien ! ce sont les papes qui ont fait cela : ce miracle, cette merveille inouïe, elle est née à l'ombre du Vatican ; qu'on le sache, ah ! on l'a trop oublié, ce sont les papes qui ont fait l'histoire de France. Or, depuis 89 une barrière s'est élevée entre Rome et Paris, de ce jour la monarchie française est tombée, et la France avec elle. Dieu n'a pas changé, ses plans sont toujours les mêmes ; il a marqué à chaque nation comme à chaque homme sa sphère

(1) Parole admirable de Mgr le comte de Chambord dans sa lettre à un député de l'Assemblée.

dans l'économie de sa Providence, et quiconque l'oublie, peuple ou individu, est maudit et abandonné à lui-même. La France a oublié sa vocation, d'où sa chute, d'où ses revers, d'où peut-être son dernier jour!

Quoi qu'il en soit, je sais bien qu'aujourd'hui la monarchie absolue est devenue impossible, et Mgr le comte de Chambord paraît partager à ce sujet les idées de son siècle. Le suffrage universel est un fait accompli (1), il le faut subir. Que les Français plient donc à ce nouvel ordre de choses, autant que l'honneur et le bon sens le leur permettent, mais au moins qu'ils aient le cœur assez noble pour être fier de leur passé, et reconnaissants à leurs rois, à ceux qui les ont créés à l'origine et conservés ensuite depuis le couronnement de Charlemagne jusqu'à Varennes, jusqu'au Temple, jusqu'à la Concorde, jusqu'à l'échafaud du 21 janvier!

Ne l'oublions pas, ce nouvel ordre de choses, il a surgi du sein de l'athéisme! Si j'étais député français, je le dirais à l'Assemblée, si j'étais prêtre, je le dirais sous les voûtes des temples, 89 est une œuvre éminemment athée, aussi son premier principe est-il l'*athéisme légal*. « Français, c'est au bruit des chants infernaux, des blasphèmes de l'athéisme, des cris de mort et des longs gémissements de l'innocence égorgée, c'est à la lueur des incendies, sur les débris du trône et des autels, arrosés par le sang du meilleur des rois et par celui d'une foule innombrable d'autres victimes, c'est au mépris des mœurs et de la foi publique, c'est au milieu de tous les forfaits, que vos séducteurs et vos tyrans ont fondé ce qu'ils appellent *votre liberté*.

« C'est au nom du Dieu très-grand et très-bon, à la suite

_____

(1) Ce qui ne veut pas dire que ce soit un fait justifié.

des hommes qu'il aime et qu'il inspire, et sous l'influence de son pouvoir créateur que vous reviendrez à votre ancienne constitution, et qu'un roi vous donnera la seule chose que vous deviez désirer sagement, *la liberté par le monarque* (1) ».

C'est ainsi que parlait au lendemain de 93 cet immortel comte de Maistre, qui, malgré une parole bien dure qu'il a prononcée contre ma jeune Amérique, n'en reste pas moins un des plus sublimes penseurs qu'ait jamais vus le monde. Ah ! puisse la France comprendre sa grande voix ! Non, elle ne peut rester ainsi, elle s'en va comme un corps pourri et dissolu, « comme une planète hors de son orbite », disait jadis M. Guizot (2). Qu'elle écoute d'ailleurs une voix plus autorisée encore que celle du ministre de Louis-Philippe : « une nation chrétienne ne peut mettre en tête de sa constitution la négation des droits de Dieu » (3). C'est Henri V, c'est le roi qui parle ainsi. Et pourtant, voilà bientôt un siècle qu'elle reste dans ce chaos. Ah ! il faut être la France pour conserver de la sorte et pendant si longtemps la lumière dans la nuit et la vie dans la mort ! Oui, dans la patrie de saint Louis, dans cet air que respirèrent les saints et les martyrs, à quelques années de Bossuet et de Fénelon, on a dit : la loi ne reconnaît pas de Dieu ; et c'est en France ! et c'étaient des Français ! Au fond de son paganisme, Platon eût frémi, lui qui voit la divinité à la base de toute société, lui qui n'a pas fait un ouvrage où il n'affirme ce grand dogme : que Dieu est le principe de la vie des peuples ! — La France est

(1) J. de Maistre, *Considérations sur la France*, ch. X. Je voudrais que ce beau livre fût imprimé aux frais d'une société conservatrice, et distribué au peuple.

(2) *La France et la maison de Bourbon avant* 89. Malgré quelques erreurs de détail et de fond, c'est un beau livre.

(3) Lettre à un député.

tombée plus bas que le paganisme. Monseigneur, vous l'avez dit : « Sans le christianisme, ils seraient dans la barbarie, et ils y retournent » (1). Serait-ce donc en effet qu'après dix-huit siècles de recherches, le monde aurait trouvé une autre planche de salut que le nom de Notre Seigneur Jésus-Christ? Non, non, *non aliud nomen sub cœlo datum* (2), il n'y en a pas! son père lui a donné toutes les nations en héritage, et un peuple, et quel peuple! pourrait dire qu'il ne le connaît pas? Non, Jésus est la pierre angulaire, c'est lui qui reçoit et féconde les semences ; vous qui voulez bâtir sans lui, vous aurez beau jeter dans le creuset l'or et le diamant, le premier souffle de la brise du matin, qui réveille l'enfant et fait épanouir les roses, emportera votre édifice : ce qui n'est pas bâti sur la pierre ne peut durer, et la pierre, c'est le Christ!

Certes, j'en conviens, il fallait des réformes en France, mais 89 a été mal fait. Je comprends qu'à cause de l'affaiblissement de la foi, on tolère en France le juif, le protestant, l'athée; n'ont-ils pas tous droit d'asile à Rome? et Louis XVI, le céleste martyr de la première République, n'avait-il pas promulgué le fameux édit de tolérance? c'est maintenant un fait acquis, un fait désormais imposé : ce serait une folie que de songer à révoquer l'édit de Nantes. — Mais, ériger en principe que Jésus-Christ n'a pas le droit de régner seul sur les peuples, est une monstruosité qui n'a pas de nom; s'il était dans tout l'univers catholique un prêtre qui eût cette pensée au cœur, je tremblerais en voyant descendre l'Eucharistie dans sa poitrine, oui, je tremblerais qu'elle ne fût profanée ! Ce prêtre, ce

(1) Séance du 22 juillet.
(2) Act. IV-12. 89 est une œuvre éminemment *anti-française*. Qu'on y pense, la France est par essence le royaume très-chrétien. Or, 89 a détruit et le *royaume*, et le *très-chrétien*, il a donc détruit la France.

croyant mentirait à la Bible, à Jésus-Christ, à l'Église. Mais il n'existe pas, c'est impossible, Dieu n'a pu le permettre !

89 est mal fait, il faut le refaire : eût-il même été fait avec intelligence et droiture, je dirais encore : il faut le refaire, car il est bâtard dans son origine. Toutes les fois qu'une grande plaie s'est implantée au cœur de l'Église ou de l'État, elle n'a été acclamée que parce qu'elle répondait à un besoin des âmes. Voyez la réforme luthérienne. Il fallait certes des réformes, saint Bernard les réclamait dès le onzième siècle. Eh bien ! cet essai a été frappé d'impuissance parce qu'il fut lancé par un homme qui n'avait pas mission de le faire : le pape et les évêques, qui étaient l'autorité légitime, ont fait le concile de Trente, et Luther n'a fait que le protestantisme : tous deux, je le veux croire, cherchaient le même but, les premiers qui étaient le droit, sont arrivés à l'ordre et à la lumière, l'autre qui était l'orgueil et l'usurpation, est arrivé à la révolution et à la nuit. Ce fut la même chose en 89. Je le répète, il y avait des abus à modifier, et Dieu avait suscité à cette fin un prince éclairé, ami de la vraie liberté, tout disposé à couper court à ces abus tant proclamés et en réalité si faciles à faire disparaître du passé. Eh bien ! parce que ce fut un congrès de nobles et de populace, *qui était le sujet*, qui voulut faire cette réforme à l'abri de l'impulsion royale, *qui était l'autorité*, 89 a été maudit de Dieu. Or, il n'y a qu'une main qui puisse effacer l'anathème, c'est celle du petit-neveu de celui qui *devait* faire 89. Français, dites donc à Dieu comme autrefois Moïse : Seigneur, Seigneur, « *envoyez celui que vous devez envoyer, mitte quem missurus es !*(1).»

(1) Exode IV-13. — Du reste, dans son manifeste du drapeau blanc, Mgr le comte de Chambord annonce qu'il reprendra le mouvement national de la fin du dernier siècle. — Vous seul pouvez le reprendre, sire.

2

La révolution française a deux grands crimes à se faire pardonner : son caractère anti-religieux et son esprit de révolte; l'un suit l'autre, comme l'enfant suit son père. Or l'un et l'autre sont son essence, dont il la faut détruire pour la recommencer et la rebaptiser. C'est, j'en conviens, une vérité navrante, un souvenir poignant, pour tout vrai Français, mais qu'il ne faut pas pour cela éloigner de ses yeux, que, dans ces funestes années du dernier siècle, le *très-mal* fut moins coupable que le *moins mal;* Robespierre qui était le crime, croyait à l'Être suprême; la Gironde qui était la modération, quoiqu'elle ait au front une tache rouge (1), était athée. Fils de la Gironde, Gambetta, Crémieux, Arago, Pelletan, Pagès, et *tutti quanti,* sachez-le bien tous, votre mère était un monstre, elle était athée! oui, 89 est maudit! Et d'ailleurs quelle puérile inconséquence dans cette prétendue déclaration des droits de l'homme! Quoi, vous voulez faire une constitution complète, immuable, éternelle, et vous ne dites pas à l'homme un mot de ses devoirs! Mais qu'est-ce qu'un état

(1) Ce meurtre de Louis XVI est, me semble-t-il, un des plus grands anathèmes de la république en France. — M. de Beauchêne, dans sa belle *Vie de Louis XVII,* dit ce mot profond : « Vous vous appelez la République, et vous avez au front une tache du sang du roi Louis XVI ». Est-il étonnant qu'elle ne se puisse implanter en France, elle qui consacre les doctrines qui ont abouti au meurtre de la plus auguste victime qui fut jamais? « La vie de tout individu est pour lui un bien précieux, dit Skakspeare, mais cette vie, de laquelle tant de vies dépendent, celle des rois, est un bien précieux pour tous. Un crime vient-il à faire disparaître la majesté royale? à cette place qu'elle occupait, il se forme un gouffre épouvantable où vient se précipiter tout ce qui l'environne. » (*Hamlet,* act. 3, sc. 8.) Skakspeare parle là-dessus comme Bossuet, et tous deux parlent comme le bon sens, la justice et la foi. La révolte est peut-être le plus grand crime que l'homme puisse commettre contre Dieu. Tertullien (Apolog. CXXXIII) parle de la *piété* que doivent les chrétiens à leurs persécuteurs, les empereurs romains; la France n'en doit-elle pas autant à ses rois?

sans devoir de ses membres entre eux, des sujets envers
le gouvernement? en théorie, un contre-bon-sens, en pratique l'anarchie ; et en somme, moi étranger, je puis le
dire : c'est ce qu'est devenue la France. Ah ! encore une
fois, *mitte quem missurus es!*

Le saint et illustre père Lacordaire disait dans une de
ses conférences de Notre-Dame : « Les révolutions moder-
nes étant doctrinales, ne finiront pas, comme celles de
l'antiquité, par un homme ou un accident, elles ne finiront
que par une doctrine » (1). Cela est vrai ; ni la République qui est en France un accident, et un triste accident,
ni Napoléon 1er qui fut un homme, ni Louis-Philippe, ni
le dernier empereur qui furent des semblants d'hommes
n'ont pu terminer la révolution française. La croyance en
Dieu et le retour aux principes religieux et politiques des
vieux âges y pourront seuls mettre fin. Quand donc les
Français comprendront-ils que la religion seule peut les
arrêter au bord de l'abîme, et que la religion ne reviendra
qu'avec le roi très-chrétien, avec celui qui a dit : « Je
ramène la religion, la concorde et la paix » (2)?

(1) Soixantième conférence de Notre-Dame.
(2) Lettre à un député.

IV

Il y a en France, me semble-t-il, une triple décomposition. Levez les parures d'or et de pourpre qui la couvrent, et vos yeux reculeront épouvantés, ils ne verront plus de la tête aux pieds que la corruption et la pourriture : pourriture physique, pourriture intellectuelle, pourriture morale. O Français, vous ne croyez pas à Dieu, comment pratiquerez-vous la justice dont il est le principe, comment respecterez-vous l'autorité dont sa parole est l'inébranlable soutien ? — Vous ne croyez pas à l'immortalité de l'âme, vous ne voyez rien au delà de la chair, comment pouvez-vous combattre avec ardeur quand vous craignez de laisser tout votre être à la gueule du canon et sous le sabre de l'ennemi ? — Je le dis en passant, le matérialisme qui s'est infiltré dans l'armée a paralysé ses efforts ; que d'hommes, j'en connais, j'en pourrais nommer, qui sont venus cacher à New-York, à ma porte, la honte de leur lâcheté, que d'hommes se sont mis à l'abri pour éviter de mourir tout entiers ! — Vous ne voulez plus de la morale chrétienne, comment résisterez-vous aux attaques de ce mal hideux et mortel qui règne jusqu'au foyer domestique, et que je ne veux pas spécifier davantage ? Vous ne voulez plus de christianisme, comment espérez-vous élever vos enfants dans le respect du devoir de l'honneur et de la vertu ?— Vous avez pris, insensés que vous êtes, pour de l'argent comptant, tous les rêves de la ridicule Allemagne ; fils de Descartes, de Malebranche, de Royer-Collard, de Maine de Biran, vous avez acclamé et Kant et ses enfants, Fichte, Schelling, Hegel! fils de saint Bernard, de Clotilde, de Jeanne d'Arc, de Pascal, de Bossuet, de Fénelon, vous avez applaudi aux blasphèmes odieux de Strauss, de Fuerbach, de Paulus, enfin de leur pâle réflecteur, M. Renan ! — Ah ! vraiment, vous êtes tombés plus bas que le Bas-Empire à son dernier couchant !

C'est un fait digne de remarque que ce Bas-Empire déclina le jour où l'on se mit à parler au lieu d'agir, le jour où des avocats prirent en leurs mains élégantes et parfumées le sceptre de Constantin. Eh bien|! où en êtes-vous vous-mêmes? Considérez vos hommes d'aujourd'hui ; j'excepte M. Thiers qui est un homme remarquable, ressemblant plus à Talleyrand qu'à Henri V, mais enfin, je maintiens ma parole, oui, M. Thiers est un homme remarquable ; mais il est vieux, il n'a plus de longs mois à passer sur la terre, admettons que vous le gardiez jusqu'à sa mort à votre tête, ce que je ne crois pas, voyez donc toute cette fange démagogique qui se remue sous lui. Ah! si vous ne revenez immédiatement à Henri V, je tremble pour la France ! Elle tombera encore sous la botte de quelque sabreur, ou de quelque Comité de salut public ! Qui mettrez-vous bientôt, demain peut-être, à la place de M. Thiers? Gambetta? autant choisir un hôte de Charenton (1). J. Favre? un élève de rhétorique parlera moins bien, mais aura plus de bon sens que lui. Partout vous

(1) M. Gambetta me semble être l'homme le plus insignifiant de l'Assemblée, il doit être le premier étonné de l'importance qu'on lui donne! Il est rare de joindre, comme lui, tant de suffisance à tant d'incapacité.

n'avez que des avocats ; or, on trouve bien dans l'histoire un **Cicéron** consul de Rome et sauveur de la patrie, mais on n'en trouve qu'un, et je vous déclare que vous n'en avez pas (1).

Ah ! je sais bien que tous ces hommes vous font de splendides promesses : « Oui, disent-ils, dans leurs phrases creuses et sonores, il faut une régénération sociale : la République est venue, et la régénération s'accomplit. » Et il y a des gens assez impudents pour le dire, et il y a des populations assez sottes pour le croire !

Écoutez : un jour Eschine monta à la tribune d'Athènes. « Citoyens, dit-il, nous allons élever la Grèce au-dessus de tout ; les arts, les sciences, l'armée, la navigation, le commerce vont s'épanouir, et nous entourer d'une auréole à jamais incomparable ; j'en ai le secret. » Démosthène monta après lui : « Athéniens, dit-il, ce qu'Eschine vient de vous promettre, c'est moi qui vous le donnerai. » C'est bien là, en France, l'histoire éternelle de la République et de la Monarchie. Que ne promirent pas les démagogues quand Louis XVI fut enfermé au Temple ! Et la civilisation, et l'égalité, tout devait éclore comme par enchantement. Or, le fait est que ni la Constituante, ni la Législative, ni la Convention, ni le Directoire, ni les douze années de l'Empire n'en ont planté le moindre germe, et que l'égalité, le bien-être, la paix, le commerce ne reparurent qu'avec le roi Louis XVIII. Les choses n'ont pas changé. On connaît les discours de M. Rouher, les hurlements de M. Gambetta ; je me demande de quoi la France est redevable à l'Empire et à la République.

(1) En voyant tous les gouvernements qui se succèdent en France depuis un demi-siècle, y compris l'actuel, on se rappelle involontairement le mot d'Isaïe : « Ils auront des enfants pour princes, et il seront soumis à des *efféminés.* »

Eh bien! du fond de son exil, comme autrefois Démosthène aux Athéniens, le fils des rois vous dit: Français, ce que vous promet la République, c'est moi qui vous le donnerai.

Monseigneur, nous sommes vieux tous les deux; en ajoutant l'un à l'autre la somme des années qui composent notre carrière, nous remonterions presque jusqu'à Louis XIV. J'étais moi, étudiant déjà en retraite (car, je compte vingt hivers de plus que vous), quand, jeune vicaire de Paris, vous teniez toute la capitale suspendue à vos lèvres; rappelons-nous tous les deux ce temps-là. Hommes du commencement de ce siècle, que n'avons-nous pas vu d'illusions trompées, d'espérances déçues, de lumières éteintes dans le firmament européen! Je connais peu de siècles qui se soient levés avec une plus radieuse pléiade d'astres et de soleils que le dix-neuvième siècle. Eh bien! tout a été dispersé par le vent du désert; ces colonnes qui promettaient de soutenir l'édifice sont tombées à nos pieds, et leurs débris gisent encore épars sur le sol! — Monseigneur, si ces hommes qui font la loi à la France étaient vieux comme nous, ah! qu'ils se détromperaient vite, et qu'ils reviendraient avec sincérité de cette voie de menteuses espérances où ils se sont follement engagés!

Ce que sont, en France, la propriété, la liberté, l'égalité, la fraternité républicaines, on le sait, et cela se comprend. L'Église, qui ne possède plus rien à cette heure, est le seul rempart de la propriété; il n'y a pas de liberté sans Jésus-Christ, il n'y a ni égalité, ni fraternité en dehors du christianisme, et la République n'est pas chrétienne, qu'attendez-vous donc de ses promesses insensées? La honte et le crime, voilà tout ce qu'elle vous a légué jusqu'ici, et en somme la France n'a qu'à rougir d'elle, heureuse quand elle n'est pas forcée de panser les blessures que lui a laissées son passage ! Pauvre vaisseau démâté, tu n'as qu'un port, qu'une rade assurée contre la tempête, vire donc de bord et entres-y : *Huc vertite proram, o socii!*

V

Vraiment, la France est bien tombée ! Que dirait-on d'un homme qui cacherait dans les murs d'une mansarde les portraits de ses ancêtres ? Si un de mes amis commettait ce crime, jamais ma main ne serrerait plus la sienne ; et pourtant, c'est ce que, depuis un demi-siècle, une foule de Français ont fait sans mourir de honte et de remords. Non-seulement ils ont méconnu, mais ils ont insulté, outragé, bafoué tous ces géants qui dorment à Saint-Denis ! Leur histoire, c'est-à-dire toute la France (car, à cette heure, il n'y a plus de France qu'à Frosdhorf), ils l'ont traînée aux gémonies. La vieille chevalerie des rois, la loyauté, ce bon sens éminemment gaulois qui est, Monseigneur, un des traits distinctifs de votre nation, tout, jusqu'à la politesse si vantée de vos pères, tout a quitté la France, escorté par les huées d'un peuple en délire, à qui on a dit qu'il fallait honnir les traditions des siècles précédents : il l'a cru, et il l'a fait. Aussi la France a perdu sa beauté (1), et l'étranger l'a foulée aux pieds, car il ne la reconnaissait plus. Ce n'est pas sous les Bourbons que la France eût été démembrée. Louis XV, le plus mauvais des rois, a perdu les colonies, mais la patrie est demeurée intacte, Dieu y était encore.

---

(1) *Les Odeurs de Paris*, de M. L. Veuillot, sont d'une poignante vérité. L'ouvrage est réaliste, mais en somme c'est un chef-d'œuvre parti d'une âme indignée et qui ne veut rien ménager.

Courage cependant! courage, et levez-vous! « Quand la France est au plus bas », disait le plus grand homme d'État qui fut jamais, « c'est le moment où elle va monter au plus haut; plongez-la dans l'abîme, elle remontera jusqu'au ciel (1) ». Eh bien! non, Richelieu n'a pas menti; Français, voulez-vous rendre à la mère-patrie l'Alsace et la Lorraine qui lui tendent les bras? Mettez à la tête de l'armée l'épée qui les a conquises; mettez sur le trône le petit-fils de ceux qui ont fait l'unité et l'incomparable grandeur de la France : il est à vos portes, il s'appelle dans l'exil le comte de Chambord, et en France Henri V; il est le fils de la victime de Louvel, petit-fils de Charles X mort en exil; petit-neveu de Louis XVI, assassiné sous le couteau de la Convention; il a dans les veines le sang d'Henri IV, de François Ier, de Philippe-Auguste, de saint Louis. Ah! qu'il mette un pied sur le sol de la France, et tous ces bruits sourds, qui grondent dans les entrailles des villes et des campagnes, s'éteindront d'eux-mêmes, et la France sera sauvée!

Vous êtes en ruines, il faut reconstruire l'édifice, à qui vous adresserez-vous?

A l'Empereur déchu? Ce serait une plaisanterie et un opprobre.

A la République? Il y a un proverbe oriental qui dit: Si tu me trompes une fois, c'est ta faute; si tu me trompes deux fois, c'est la mienne. Eh bien! c'est la quatrième fois qu'elle fait sur vous ses expériences *tanquam in anima vili*. Vous devez à la première Napoléon Ier, la mort de deux millions de Français et l'invasion; à la seconde le règne de Louis-Philippe, qui fit de la France un comptoir d'argent; à la troisième Napoléon III, les orgies

(1) Richelieu, *Mémoires*, t. I.

de l'Empire, la destruction totale de l'équilibre européen, œuvre merveilleuse « de vos rois, de vos grands gouvernants », comme le disait M. Thiers (1), il y a quelques mois, l'invasion, la honte de Sedan, la mort, l'incendie, le pillage, presque une banqueroute ; à la quatrième enfin, représentée par Gambetta, cinq milliards de dette, la perte, *en partie*, de l'Alsace et de la Lorraine ; je ne vois pas, en vérité, quelle reconnaissance vous lui devez ! D'ailleurs, ce n'est là que le plus bénin de son dossier : à la fin, le drapeau tricolore amène le drapeau rouge ; après 89, 93 ; après Gambetta, Ferré. « L'histoire de la République française », c'est un mot célèbre et trop vrai, « commence dans la boue et finit dans le sang (2.) »

Eh bien ! moi, Américain, moi qui, à ma dernière heure, aime ma République comme je l'aimais quand, jeune soldat de l'indépendance, je faisais mes premières armes sous le regard de Washington, je dis à vous, Monseigneur, et si ma faible voix peut en être entendue, je dis à la France : dans le passé, la République a été pour vous une calamité et un opprobre ; dans l'avenir, si vous ne la rejetez pas loin de vous, elle sera votre mort. Le beau livre de M. de Tocqueville est un beau rêve, mais il est un rêve, rien qu'un rêve. N'imitez pas l'Amérique ; vous êtes comme des enfants qui ont envie de tout ce qu'ils voient dans les mains d'un autre ; non, laissez *nous* et restez *vous*. Comprenez que le peuple américain, uni, indépendant, jeune, instruit, essentiellement commerçant, enfin protestant, peut s'ériger en république, tandis que vous, avec l'antagonisme des villes et des campagnes qui met

(1) Séance du 22 juillet.
(2) Chateaubriand, *Études politiques*. — Et il n'avait vu que la première ! Que dirait-il aujourd'hui ?

tous les jours la révolution à votre porte, vous pour qui l'indépendance n'a jamais abouti qu'à la licence et au despotisme, vous immortels dans votre verte vieillesse, vous dont le peuple est sans instruction, vous, France catholique fondée sur Rome dont vous êtes le bras et la fille aînée, vous n'avez que l'élément monarchique, et toute atteinte que vous lui ferez vous conduira à la Révolution. La France est monarchique comme l'Amérique est républicaine; ces deux formes de gouvernement ont toutes les deux leurs avantages et leurs inconvénients; quoi qu'il en soit en théorie, sachez bien que briser avec ses traditions, son passé, ses mœurs, est une folie, un suicide. Les improvisations n'amènent à rien en politique. La France monarchique s'improvisant en république, a réussi comme les publicistes, les avocats improvisés par les hommes du 4 septembre en préfets et en généraux. — Tenter cette utopie, c'est plus qu'un crime, dirait le prince de Talleyrand, c'est une faute. A Boston, Henri V serait impossible, en France il est le port, l'étoile, le salut; Washington à Paris n'aurait peut-être abouti qu'à la Commune.

Ah! Monseigneur, vous aimez la France d'un amour éclairé et sans borne: faites-lui comprendre qu'il faut qu'elle retourne à son passé pour vivre. Ce passé, elle ne le connaît plus; je suis convaincu qu'il m'est plus présent, à moi, étranger, qu'à la plupart des Français. Qu'ils l'apprennent et qu'ils le méditent. Voici en quelques mots cette constitution immortelle, qui fut pendant mille ans la base de l'équilibre européen et de la paix de l'univers.

1° La France est monarchique;

2° Le trône *appartient* à une famille dont les rejetons mâles se succèdent dans l'exercice du pouvoir;

3° La seule hérésie implique l'exclusion.

D'où il faut conclure que le sceptre est une vraie pro-

priété; or, sur quoi repose toute propriété? je ne dis pas
le droit de propriété en général, non; le prolétariat me
semble être en principe une monstrueuse anomalie, mais
la propriété d'un château, d'une terre, etc.? assurément
sur un contrat que rien ne peut briser. Tel est le droit
héréditaire des Bourbons, tel est le *droit divin*. Bon la-
boureur, tu possèdes ta charrue de *droit divin;* banquier
honnête, tu possèdes ta caisse de *droit divin;* duc et
prince, vous possédez de *droit divin* vos châteaux et vos
terres; roi de France, vous possédez, de *droit divin*, le
sceptre et la couronne. Eh bien! cette couronne, ce scep
tre, on les a volés à leurs possesseurs séculaires; que
diriez-vous si on vous volait, à vous, vos bœufs et votre
charrue; à vous, votre caisse; à vous, vos châteaux et
vos terres? Et c'est pourtant ce que l'on a fait aux Bourbons, et vous tous qui votez contre eux, vous donnez le
droit que l'on agisse contre vous, comme l'on a agi envers
vos princes. Si vous voulez garder vos propriétés, pourquoi votez-vous en faveur de ceux qui ont volé celle des
autres? Ce que vous possédez, rien ne peut vous en priver
sans votre consentement; pourquoi? Parce que cela est
bien à vous; que cela a été donné à vos pères par la
France, c'est-à-dire par les rois; que vos pères l'ont gagné
par leurs travaux, leurs sueurs, leur sang. Et, par la
même raison, cette couronne de France, la plus belle,
comme le royaume qu'elle représente, la plus belle après
celle du ciel, ainsi que l'écrivait Grotius à Louis XIII (1);

---

(1) Grotius, *Epist. ad. Lud.* XIII. — C'est ce même Grotius qui, dans
son traité *De jure belli et pacis*, qui est toute autre chose que le contrat
social de Rousseau, a ces mots remarquables à propos du peuple hébreu:
« Parmi le peuple hébreu qui a vu tant de rois, qui ont foulé aux pieds
toutes les lois divines et humaines, il ne s'est jamais trouvé de magis-
trat inférieur qui se soit attribué le droit de résister et de prendre les

elle est bien aux Bourbons, elle leur fut donnée par vos pères; et eux aussi, certes, ils l'ont gagnée, demandez au monde, ils l'ont gagnée et bien gagnée, au prix de leurs travaux, de leurs sueurs, de leur sang! Allez, eux, ils n'auraient pas rendu leur épée à Sedan, et ils auraient signé la paix à Berlin sur la tombe de Frédéric !.....

Si vous ne voulez pas que l'on vous vole, ne laissez pas voler les autres, et rendez le trône à qui il est dû, à celui qui est le droit, et l'ordre et la réforme (1).

Henri V est le droit, cela est visible, parce que vous ne pouvez pas lui enlever sa propriété, pas plus que le conseil municipal de votre village n'a le droit de donner à votre voisin, votre maison et votre champ. Ah! certes, admis qu'un peuple puisse transférer à une autre maison une propriété, une couronne, douze fois séculaire, dans une famille, on arrive à des monstruosités qui font frémir. Que reste-t-il d'inviolable dans la propriété? Pourquoi alors ne pas changer de gouvernement tous les jours? pourquoi ne pas renverser à chaque heure les pouvoirs établis? pourquoi ne pas donner à la révolution *la maison de garde* de la France (2)? Et que deviennent alors les

armes contre le souverain ». (Lib. I, cap. IV.) Ah! si la France faisait de même, elle redeviendrait vite le plus beau royaume après celui du ciel !

« ..... Si j'avais deux enfants,
« Le premier serait Dieu, le second roi de France ! »

dit un des héros d'*Hernani*. O poëte, diriez-vous la même chose maintenant que les doctrines propagées par votre plume ont tué la France?

(1) *Lettre à un député.*

(2) C'était un grand philosophe que ce Narbal, qui dit à Télémaque : « Je crains les dieux, quoiqu'il m'en coûte, je serai fidèle au roi qu'ils m'ont donné, j'aimerais mieux qu'il me fît mourir que de manquer à le défendre ». (Fénelon, *Télémaque*, liv. III.) C'est bien comme cela que parlait le vieil Homère : Εἰς κοιρανος εστω! il n'y a qu'un roi, la souveraineté n'est pas dans la multitude. (*Iliade*, liv. I.)

mots célèbres de l'Écriture : *Qui résiste à la puissance résiste à l'ordination de Dieu. — Personne ne peut demander au roi raison de ses actes. — Soyez soumis à vos maîtres, non-seulement à ceux qui sont bons et modestes, mais aussi à ceux qui sont méchants ?*

Permettez-moi, Monseigneur, de rappeler un souvenir, un lointain souvenir : les vieillards sont loquaces quand ils retournent à leur jeunesse. Horace leur a fait une réputation méritée : c'est bien vrai, *laudator temporis acti.*

En 1847, j'eus l'honneur d'être présenté au R. Père Lacordaire. Une partie de notre conversation roula sur les idées qui émouvaient alors le monde politique. « Nous sommes tous les deux de la jeunesse sociale, me dit-il affectueusement, restez avec nous, aidez-nous à fonder en France la république des États-Unis. » Je répliquai que, quel que fût pour moi l'honneur de me rencontrer sur le terrain politique avec un homme tel que lui, je ne pouvais cependant acheter cet honneur au prix de mes convictions. « Je suis républicain par tempérament, lui dis-je ; pour moi, transporter une monarchie en Amérique serait un crime, mais aussi, je crois que c'en serait un égal de mettre sur la tête de la France le bonnet phrygien à la place des fleurs de lis. » Nous parlâmes de la souveraineté populaire qu'il reconnaissait, et je me souviens que je lui fis cet argument *ad hominem..* — Le sol tremblait alors en Italie, les beaux jours de l'avénement de Pie IX commençaient à s'obscurcir, la croix chancelait au haut du Capitole, et le beau ciel de Rome se couvrait de nuages. « Mon révérend Père, lui dis-je, il existe à Rome, au Vatican, un souverain, selon votre théorie un *mandataire* du peuple romain, qui alors, d'un jour à l'autre, peut être légitimement renversé. Imaginez que le peuple des États-

Pontificaux soit consulté par un plébiscite lui demandant s'il se trouve heureux sous le gouvernement de **Pie IX**, et qu'une écrasante majorité réponde par un *non* et fasse descendre du trône son auguste représentant; imaginez que le peuple chasse le pape de Rome, qu'aurez-vous à dire? qu'aurez-vous à lui opposer? D'après vous, il est souverain, il peut licencier un mandataire qu'il trouve infidèle. — Cela ne peut arriver, me dit l'illustre orateur, le gouvernement pontifical est le salut du peuple romain. — Permettez, mon Père, c'est ce peuple souverain qui en est juge, et si, comme cela arrive neuf fois et demie sur dix, poussé par de coupables agitateurs, il juge mal de ses intérêts, s'il chasse Pie IX, Pie IX sera-t-il, oui ou non, légitimement déposé? » Le Père Lacordaire se montra embarrassé. « Dieu y pourvoira », me dit-il, puis se reprenant: « D'ailleurs Pie IX à Rome est le mandataire de la catholicité et non-seulement du peuple romain, il faudrait donc un plébiscite universel pour briser son mandat. — Permettez, mon Père, répondis-je, la catholicité est intéressée à la conservation du pouvoir temporel, fort bien; mais, d'après vos théories mêmes, le souverain n'est mandataire que du peuple dont il est législateur. Or, les lois temporelles du pape s'adressent à quelques Italiens, et non aux Français, aux Espagnols, aux Portugais. L'Italien, mécontent du pape, vous répondra: Donnez-lui un pouvoir temporel chez vous, si vous le voulez, j'y consens, mais moi, dont il est le mandataire, je n'en veux plus; que lui répondrez-vous, mon Père? » Je le vois encore, à vingt-cinq ans de distance, avec sa belle tête dans ses mains, réfléchir profondément, et après un silence religieusement conservé par moi, détacher un crucifix de cuivre de la première planchette de son bureau et me l'offrant: « Puisse-t-il vous rappeler, me dit-il en souriant, que vous avez embarrassé un républicain convaincu ». Ce cher crucifix, il ne m'a pas quitté depuis ; c'est lui qui, dans quelques jours, recevra mon dernier baiser avec mon dernier souffle ! — Eh bien, Monseigneur, ce que je redoutais est arrivé, *quod verebar accidit.* Appelé par un plébiscite, Victor-Emmanuel est aujourd'hui au Quirinal, et demain peut être, le pontife de l'Éternelle alliance ira-t-il chercher sur la terre étrangère, le bâton de Pierre à la main, un toit où des menaces de mort ne viendront plus frapper ses oreilles ! Oh ! certes, si cela arrive, que l'Europe infidèle prenne garde que le pontife exilé ne secoue sur elle la poussière de ses pieds ! — La France n'est peut-être si bas que parce qu'elle en a au front quelques grains jetés par la sandale de Pie VII ! — Enfin, n'y pensons pas, espérons que cet odieux provisoire continuera encore quelque temps sans effusion de sang. Victor-Emmanuel est donc au Quirinal ; a-t-il le droit d'y être ? Oui, répondent, et doivent répondre, les partisans de la souveraineté populaire. Non, mille fois non, protestent les amis de la justice et de l'honneur, et vous, Monseigneur, le premier de tous ! Oui, Pie IX est roi de Rome, roi légitime, inviolable de l'inaliénable domaine de l'Église, et, par la même raison, Henri V est roi légitime, inviolable de la France.

Qui que vous soyez, appelez-vous orléanistes, républicains, bonapartistes, que sais-je encore ? si vous êtes conséquents avec vous-mêmes, vous devez admettre que Pie IX est légitimement déposé, et qu'aujourd'hui, dans sa captivité volontaire, il proteste contre le droit !.... Eh bien ! si vous osez en venir là, vous n'êtes pas d'honnêtes gens, et si vous n'en voulez pas venir là, il faut admettre la légitimité de droit divin, il faut admettre qu'Henri V est roi de France.

3

Henri V est le droit.

Il est l'ordre ; il est l'ordre parce qu'il est le droit.
Qu'ont procuré à la France tous les gouvernements
d'aventure qu'elle a *subis ?* (car remarquons que jamais,
de fait, le peuple n'a *nommé*, en France du moins,
ses gouvernants : il les a tous *reçus, acceptés*). « Après
« quelques années de fausse sécurité, ils l'ont jetée dans
« d'effroyables abîmes ! (1) » Pourtant Louis-Philippe,
48, l'Empereur voulaient en somme le bien du pays ; ils
n'ont réussi qu'à accentuer davantage sa décadence intellectuelle, religieuse et sociale, parce qu'ils n'étaient pas
le droit ; les voleurs ne peuvent arrêter la ruine d'une
maison qu'ils ont prise ; pourquoi? je l'ignore, mais Dieu
le veut ainsi pour la sécurité et la paix du monde, qu'il en
soit béni ! Oh ! je ne puis m'empêcher de le dire ici, il
semble que Dieu l'a gardé, le fils des rois, à l'ombre de
ses ailes, pour en faire quelque chose de grand, un sauveur
sacré par le droit, par la patience de l'exil et du malheur.
Jetez les yeux sur l'aurore de ce siècle : quelles brillantes
étoiles l'inondaient de leurs feux ! Un homme qui, d'un pôle
à l'autre, a parcouru la terre d'un pied vainqueur, et dont
le passage a creusé dans l'histoire le sillon le plus profond
qui fut jamais, donne le jour à un fils qui semble devoir
hériter de toutes les gloires de son père ; avant qu'il ouvre
les yeux à la lumière, on l'appelle, aux acclamations du
monde, roi de cette Rome dont les citoyens dédaignaient
le commerce des têtes couronnées. Eh bien ! cet enfant
meurt dans l'exil aux premières heures de la vie, et son

---

(1) *Lettre à un député.* — J'aime à citer cette lettre, je ne connais pas
dans toute l'histoire un plus magnifique monument. La main qui l'a
écrite sauverait le monde ! Tout le monde, dira-t-on, a fait de belles pro-
clamations, et l'empereur, et Louis-Philippe ! Cela est vrai, mais il est
facile de distinguer les caresses du Sauveur, du baiser de Judas.

dernier regard cherche en vain les cendres de son père sous le dôme des Invalides : la race de Napoléon était maudite. — En 1830, les Bourbons tombent (c'est là que les concessions libérales ont mené Charles X) ; au mépris de la foi jurée, Louis-Philippe ravit le trône à son pupille ; on croit voir en lui le Henri IV d'une autre souche royale. Son fils, le prince héritier, le duc d'Orléans, se brise la tête sur le pavé de cette route *de la Révolte* où le *roi populaire* s'était fait acclamer quelques années auparavant. —Comte de Paris, c'était votre père, comprenez le crime pour en éviter la vengeance. — La race d'Orléans était maudite. — Reste le comte de Chambord, parti à dix ans avec le vieux roi Charles X, emportant au fond de ses malles toute la grandeur de la France. Dieu l'a maintenu et sauvé sur la terre étrangère, c'est lui qui, après les désordres de l'Empire, des républiques avortées, des règnes sans loyauté et sans honneur, proclame qu'il est l'ordre.

Il est la réforme.

Il y a en France des réformes à faire, on le sent ; et tous les essais sont frappés d'impuissance, parce que M. Thiers, l'Assemblée même ne sont pas l'autorité légitime : il faut le roi pour leur donner la naissance et l'essor.

Entre cent mille autres, il faut :

1° En tolérant tous les cultes, affirmer le catholicisme comme religion de l'État ; sans catholicisme vous graviterez toujours entre 93 et la Commune ;

2° Réformer le suffrage universel, et d'abord supprimer le plébiscite en affirmant, au nom de la sécurité du peuple, que le roi est inviolable et dépositaire de l'autorité suprême ;

3° Il faut l'instruction *obligatoire*, *chrétienne*, avec

liberté d'aller chez les frères ou chez l'instituteur, chez les jésuites ou dans les lycées;

4° Il faut supprimer la liberté de la presse, défendre la caricature insultante; les *journaux pour rire* sont la préface du *Père Duchéne* et du *Vengeur*;

5° Il faut supprimer le vote de l'armée, et lui interdire l'entrée des Chambres;

6° Il faut enlever à la franc-maçonnerie son caractère officiel;

7° Il faut rétablir l'équilibre européen.

Il y en a encore une foule d'autres concernant surtout la classe ouvrière, qui a été de tout temps l'objet privilégié des études du roi; du reste, il les connaît mieux que moi, il les accomplira mieux que tous. Oui, je n'hésite pas à le dire : ces réformes, lui seul peut les accomplir. On sent en France la nécessité de l'instruction, par exemple. Je suis fort tenté de croire que MM. les républicains, en déclamant contre les prétendues ténèbres amoncelées par l'Église et la monarchie, condensent ces ténèbres afin de cacher leur jeu et leurs manœuvres déshonnêtes; mais enfin, admettons par un héroïque effort de charité chrétienne, que MM. Gambetta, Ferry, Arago, Simon veulent réellement répandre l'instruction dans le peuple, pourquoi, vous, évêques, vous qui tenez l'ignorance pour la source du mal, vous qui êtes « *le sel de la terre et la lumière du monde* », pourquoi réclamez-vous contre l'instruction obligatoire acclamée par la gauche de l'Assemblée? Parce que la gauche, et tout ce qu'elle patronne, est athée, matérialiste, sans foi ni loi; vous l'avez écrit à M. Gambetta, Monseigneur, dans une lettre pour laquelle je vous prie d'agréer mes plus respectueux remercîments. — Voilà pourquoi vous n'en voulez pas. Et vous la demanderez le jour où le drapeau blanc flottera sur le Louvre, parce que le christianisme sera rentré en France avec le roi très-chrétien. Mais seul, Henri V pourra vous donner cette instruction qui vous est nécessaire, parce que, avec lui seul, elle sera ce qu'elle doit être.

VI

Vraiment, je ne comprends pas un Français honnête qui n'appelle pas de toute l'ardeur de son âme le retour d'Henri V, *en tant qu'Henri V*, car, c'est mal raisonner que de dire avec un homme que, d'ailleurs, j'estime et admire profondément pour son talent, sa foi et les longs et signalés services qu'il a rendus à la cause de Dieu, M. Louis Veuillot, et aussi avec une foule d'autres : « Je ne suis pas légitimiste, je suis pour Henri V. » Henri V sans son principe est un non-sens. L'homme seul est sans doute d'immense valeur; Mgr le comte de Chambord est incontestablement, je n'en doute pas, l'esprit le plus sérieux, le plus capable de l'Europe. Sa correspondance, ses manifestes, son long silence, ne sont pas d'un homme vulgaire : dans notre siècle, il faut être un grand homme pour ne pas faire de tapage. Mais un homme, serait-il Charlemagne, ne suffit pas, il faut une doctrine; il faut désirer le retour d'Henri de Bourbon, parce qu'il est un grand cœur, et parce qu'il est le droit. Non, je ne comprends pas un homme honnête qui ne rappelle pas son roi légitime. La France est à cette heure séparée en deux partis : le bien et le mal, le christianisme et l'irréligion; le bien, le christianisme, c'est le seul Henri V ; le mal, l'irréligion, c'est M. Thiers, c'est la gauche, c'est...... d'autres encore que je ne nomme pas. Il en coûtera cher à la France de suivre les errements d'un homme qui fut l'apôtre de la révolution, le soutien d'un usurpateur, et qui osa porter la main sur la fille des rois, cette héroïque Sicilienne, estimée par lui un million, le prix de son hôtel de la rue Saint-Georges! Non, non, la France n'a pas encore tout vu, elle n'est pas au bout de ses malheurs! M. Thiers, au lendemain de la Commune, eût pu être Monck et sauver la patrie, il ne l'a pas voulu, et la France ne l'y a pas forcé!...... Henri ne lui peut être rendu, elle n'est pas encore digne de lui! Terre des rois chevaliers, tu seras encore baignée de sang : « *le sang lave* », comme dit Shakspeare, et tu es souillée autant, plus que jamais. Jusqu'à ce que tu l'adores, la droite de Dieu te ménage encore de ces coups que tu connais depuis que tes rois ne se tiennent plus entre lui et toi! Tu les recevras à ton tour, perfide et coupable Angleterre, qui ouvres tes portes aux incendiaires de Paris, aux meurtriers des prêtres et des pontifes; tu les recevras, infâme Italie, qui es devenue la vivante encyclopédie de toutes les ordures; tu les recevras, pauvre Espagne, qui as chassé tes rois pour en recevoir un de la main de l'étranger! Vous les recevrez tous, jusqu'à ce que don Carlos soit à Madrid, François II à Naples, Robert à Parme, et Henri de France à Paris! Quand sera-ce? Quand Dieu sera-t-il las de punir et d'aveugler les peuples? Je l'ignore; mais pourtant ce jour se lèvera sur la France et sur l'Europe. Seigneur, dans quelques semaines, dans quelques mois au plus, j'aurai porté mes quatre-vingt-dix ans au pied de votre tribunal, ah! faites qu'avant de quitter la terre, je puisse, à travers l'Atlantique, applaudir de mes mains défaillantes au salut du vieux monde: *Domine, salvum fac regem. Hi in curribus et hi in equis, nos autem in nomine Domini invocabimus!*

Et pourquoi les Français ne voudraient-ils pas de leur roi? Ah! que vous êtes coupables, vous tous que je connais bien, qui agitez aux yeux de ce pauvre peuple crédule tant de ridicules et odieux fantômes : la taille, la dîme, la corvée, la guerre avec l'Italie, l'inquisition peut-être! Vous savez que vous êtes des menteurs; tous, tous, vous mentez sciemment, car comme votre aïeul, dont la grimaçante figure a été élevée, à l'opprobre de la France, dans les murs mêmes de la capitale, vous savez bien qu'il en restera quelque chose. Presse anti-monarchique, quand vous êtes réunie dans vos salons secrets, vous devez vous dire: « Qu'il est bête, ce peuple qui nous croit! » Écrivains du *Siècle*, ce grand corrupteur des masses, écrivains de l'*Opinion nationale*, du *Radical*, et de tous les autres coryphées de l'utopie socialiste, c'est là ce que vous dites de cet ouvrier qui prive sa femme et ses enfants de leur pain, pour acheter vos ignobles numéros. Eh bien! en retour, moi je vous dis: vous êtes d'infâmes écrivains, vous êtes plus coupables que la Commune; car, couverts aux yeux de vos lecteurs ignorants, et *ignorants par vous*, d'une honteuse hypocrisie, vous y menez à cette Commune par des voies détournées et, par conséquent, plus efficaces; je vous méprise tous, de toute l'énergie qui reste à ma vieille âme indignée!

Vous lui dites, à ce peuple, qu'Henri, le fils du bon roi, qu'Henri qui, enfant, voulait être *Henri IV second* (1), va ramener la taille, la dîme et la corvée, qu'autrefois, notez bien, le roi partageait avec le dernier des serfs; vous mentez.

Vous lui dites qu'il va déclarer la guerre à l'Italie; vous mentez.

(1) *Henri V et la monarchie traditionnelle. — Mémoires d'outre-tombe* de Chateaubriand, 4ᵉ vol.

Vous lui dites qu'il va ressusciter la féodalité et toutes les chaînes du moyen âge ; vous mentez, vous mentez impudemment, et vous savez que vous mentez.

Mais le drapeau blanc ? direz-vous. Eh ! le drapeau blanc, c'est l'honneur et l'histoire de la France, depuis Jeanne d'Arc jusqu'à la conquête d'Alger. Ah ! la France est encore bien bas, puisqu'elle reste insensible à l'emblème de la vieille famille française ; quand le malade ne reconnaît plus son père et sa mère pleurant autour de son lit de douleur, c'est qu'il est encore en grand danger de perdre la vie. Le drapeau blanc est le salut de la France, car le drapeau tricolore a une bande rouge, et tant que cette bande rouge flottera sur le palais de Versailles, le drapeau rouge de la Commune ne sera pas vaincu, car vous pactiserez toujours un peu avec elle. — Le drapeau blanc est l'image, l'emblème des vieux principes de la France, comment voulez-vous qu'Henri de Bourbon l'abandonne ? Un drapeau représente une idée, un principe. Le drapeau tricolore est acquis à la souveraineté populaire, le drapeau blanc à la monarchie traditionnelle ; vous imaginez-vous le fils d'Henri IV et de Louis XIV entrant à Paris, présentant d'une main ses titres à la couronne, et arborant de l'autre un drapeau qui est la négation formelle, reconnue, autorisée, officielle de son principe ? En vérité, ce serait aussi odieux qu'absurde. — Mais, si j'étais Français, le jour où il rentrerait à l'ombre du drapeau tricolore, je ne le reconnaîtrais plus pour mon roi légitime ! La légitimité sans le drapeau blanc, c'est le pape sans tiare, c'est le roi sans couronne !

Mais, direz-vous encore, les princes d'Orléans correspondent mieux aux aspirations nouvelles. Je le regrette pour eux....., enfin, respect aux vivants et paix aux morts !..... Je veux croire que M. le comte de Paris a mis sa main dans celle du roi, du vrai roi, qu'il a trop de bon sens et de loyauté pour ne pas admettre le principe représenté par le drapeau blanc.

Le jour où il le rejettera, il sera perdu, et ses bases seront à jamais ébranlées. Le comte de Paris est jeune, qu'il attende. Il ne faut pas de *vir novus*, comme disaient les Latins ; s'il se présente, un lis à la main, à la suite des Capétiens, des Valois, des Bourbons, s'il s'affirme leur héritier, sa force sera invincible ; s'il vient tout seul, comme un bâtard, sans famille, sans blason, Dieu et le droit ne seront pas avec lui. Jeune prince, laissez un vieillard vous adjurer de montrer à la face du monde votre réconciliation avec le chef de votre famille : hâtez-vous, votre position est fausse ; plus tard, elle serait sans honneur et sans loyauté, et vous exciteriez la juste défiance de tous les vrais monarchistes. Écoutez la voix de votre grand-père, la voix de ses remords mérités (1), vous la connaissez, qu'elle vous soit toujours présente. Hâtez-vous, hâtez-vous, que votre réconciliation soient les étrennes que vous offrez à la France ; hélas ! on a vendu les joyaux de la couronne, c'est mal, c'est bien mal, eh bien ! allez à Frosdhorf, et, debout à la droite du comte de Chambord, vous serez ce joyau autrement précieux que tous ceux qui ont été ravis, par un vote inqualifiable, à leur maître légitime.

C'est Henri V que chantait autrefois dans ces beaux vers un grand homme tombé (2) :

> Un jour de ses vertus notre France embellie,
> A ses sœurs, comme Cornélie,
> Dira : voilà mon fils, c'est mon plus beau trésor.

(1) Testament du roi Louis-Philippe.
(2) V. Hugo, *Odes et ballades.*

A votre tour, prince, soyez ce trésor; méritez les
éloges qu'adressa à votre naissance Alf. de Musset, ce
frère de Corneille qui mourut dans la fange. Vous le pouvez, il suffit de le vouloir, et la France vous devra son
salut.

Je ne voudrais parler ni du duc d'Aumale, ni du prince
de Joinville : deux princes du sang à l'Assemblée nationale, qui ne sont pas à l'extrême droite, ne connaissant
plus ni leur famille, ni leur passé. Ils nous autorisent à ne
voir en eux que des agitateurs vulgaires qui veulent une
première place, quelque part qu'on la leur donne, que ce
soit sur le corps d'un frère, d'un ami, d'un chef, peu leur
importe, pourvu qu'ils l'aient. Ces tendances sont ce que
l'on voudra, mais à coup sûr, on ne me forcera de les
applaudir ni comme royales, ni comme françaises.

Mitte quem missurus es! c'est le cri que je veux dire
en terminant. Bonne année à la France! qu'elle se relève, qu'elle renaisse au droit, bonne année! oh! oui,
que 72 lui soit une bonne année! Mon journal de ce matin m'annonce que l'on va reconstruire les Tuileries. Qui
donc les habitera désormais? Les Tuileries de Napoléon,
de Louis-Philippe, des Républiques n'existent plus; la
Commune, cette dernière et suprême forme du Protée républicain, n'en a laissé qu'un monceau de cendres; il n'y
aura plus que les Tuileries que Philibert Delorme avait
construites pour les rois; qué leurs échos ne soient pas
réveillés par l'éperon de l'étranger, et que leurs portes
s'ouvrent au légitime propriétaire !

VII

MONSEIGNEUR,

J'ai dit brutalement, et dans un français sans doute
assez américain (c'est qu'il y a longtemps que je ne parle
guère plus la langue de Corneille, de Pascal, de Molière
et de Bossuet), j'ai dit brutalement, mais sans opinion pré-
conçue et sans parti pris, ce que je pense, ce que vous pen-
sez, allons plus loin, ce que M. Thiers a trop de bon sens
pour ne pas voir et ne pas sentir. Eh bien! que tardez-
vous? si vous ne voulez pas périr, n'aimez pas le péril :
pourquoi laissez-vous la France au bord de l'abîme? Vous
avez le soleil dans vos mains, pourquoi ne le faites-vous
pas reluire sur sa tête obscurcie maintenant par toutes les
ombres de la mort? Quand l'Europe attendrie verra-t-elle
donc une procession sacrée aller de Paris à Froshdorf, et
en revenir augmentée de l'auguste exilé? partez, partez
donc. Que le comte de Paris, entouré de M. Thiers et du
président de l'Assemblée, donnent le signal; que les
princes repentants les suivent; que l'archevêque de Paris
portant la sainte ampoule, que le nonce du pape précédé
des clefs d'or, que l'évêque d'Orléans, que l'évêque de
Nîmes, que l'évêque de Poitiers, à la tête de l'épiscopat
français, entonnent l'*Exaudiat* et le *Domine, salvum
fac Regem.* Que la noblesse, que les princes de l'in-

dustrie et de la parole, que l'Assemblée, que les finances, que le commerce, que l'armée, enfin, commandée par l'héroïque Mac-Mahon, les accompagnent en unissant leurs voix aux leurs; que ce peuple français, si bon, si généreux, si sympathique, quand il n'est pas égaré, suive le Dauphiné, la Provence, l'Anjou, la Normandie, la Bretagne et la Vendée, et aille encore, comme il alla autrefois à Londres, à Rome, à Wiesbaden, saluer Henri, et le rende, cette fois, à la patrie qui chancelle, et tous, dites au roi légitime, en vous jetant dans ses bras ouverts en vain depuis quarante ans :

« Sire,

« Debout sur son tombeau, foulée encore aux pieds par l'étranger victorieux, avec sa capitale en ruines, ses champs dévastés, ses familles en deuil, ses provinces perdues, la France tend ses mains suppliantes vers Votre Majesté !

« Ils sont venus, les temps que saluait Berryer sur son lit de mort : l'heure a sonné, Sire, revenez-nous, Sire, rendez-nous la France du grand Henri ! rendez-nous la religion, la concorde et la paix ; rendez-nous la confiance de l'Europe : vous êtes le salut, vous êtes le port ! Ah ! vous avez à supporter la couronne de soixante rois, le fardeau est terrible, mais il ne nous effraye pas pour Votre Majesté : vous le porterez comme un Français, et comme un roi. Vous avez à relever des ruines, à reconstituer les finances gaspillées, à nous rendre dans le conseil des nations la place que vos pères nous avaient faite et que nous avons follement perdue. Eh bien ! fort de votre droit, en face de grands devoirs, rentrez dans votre Louvre, fils des rois très-chrétiens ! »

C'est ainsi que parlerait Chateaubriand, ce grand génie et ce grand cœur qui, en 1832, fléchissant le genou devant un enfant de douze ans, disait de cet enfant à la duchesse de Berry : « Madame, votre fils est mon roi ! » C'est ainsi que parleraient et Mgr de Frayssinous, et M. de Bonald, et le comte de Maistre, et B. Constant, et Villemain, et Berryer, toutes ces gloires du dix-neuvième siècle, qui aujourd'hui, d'en haut, voient leurs fils imiter leurs exemples, et les secourent de leurs prières, maintenant que leur grande voix s'est tue dans l'éternel silence.

Dites tous de même, et 1872 aura vu le salut de la France.

Bonne année à la France ! bonne année à l'Europe ! bonne année à vous, roi de France, qui êtes le sauveur de l'une et de l'autre !

Bonne année à vous, ô saint et vénéré Pie IX, ô père des croyants, ah ! vous avez assez souffert avec l'Église, maintenant triomphez avec elle.

Bonne année à vous aussi, Monseigneur, et puisse Dieu conserver longtemps à vos vaillantes mains, cette crosse et cette plume que vous dirigez avec un zèle et un talent qui sont une des consolations et une des gloires de l'Église.

Daignez agréer, Monseigneur, l'hommage du profond respect et de la parfaite vénération, avec lesquels j'ai l'honneur d'être,

de Votre Grandeur,
le très-humble et très-obéissant serviteur,

John STENLEY.

New-York, 1er janvier 1872.

Paris. — Typ. Rouge frères, Dunon et Fresné, rue du Four-Saint-Germain, 43.

www.ingramcontent.com/pod-product-compliance
Lightning Source LLC
Chambersburg PA
CBHW061715180626
46818CB00003B/1384